REPONSE

A

L'AUTEUR

DE LA

MACHINE

TERASSÉE.

1749.

(3)

Monsieur,

Suift à beau dire, Partrige n'eſt point mort, il revit en vous & par vous. C'eſt lui dont l'éloquence Prophètique attire cette foule d'auditeurs qui s'endorment à ſes accens, comme dans un champ ſemé de pavôts ; c'eſt lui qui par l'art d'enchaſſer ſon érudition, montre encore dans vos écrits plus d'eſprit & de goût, que de lecture & de connoiſſances variées à l'infini. Je le reconnois enfin, Mr. à tout votre merite, & je reviens au monde, avec votre permiſſion, pour vous faire compliment ſur le bonheur que vous avez de remplacer un ſi grand perſonnage.

 Quoi

Quoique j'aie fur le cœur cette vilai-
ne *poudre de rats* avec la quelle, méchant homme, vous m'avez empoifon-
né, aulieu d'opium, divin remede qui
m'eût procuré une agonie délicieufe,
je ne puis m'empecher de vous rendre
juftice, ni vous lire, fans vous admi-
rer. La brillante imagination que vous
avez, Mr. Partrige ! l'admirable fiction
que la vôtre ! Ce n'eft pas, pour ne
point frifer la flatterie, que toutes vos
idées foient à vous; mais vive Dieu !
comme vos maniez celles d'autrui ! Vous
vous montrez plus rival, qu'imitateur :
& fi a mon égard vous n'avez pas pouf-
fé les chofes fi loin, que le Rabelais
d'Angleterre à l'égard de votre ayeul,
vous m'avez ménagé, je le vois, M. P.
ne craignez rien de ma courte appari-
tion, vous n'avez point obligé un ingrat.

Je fuis fi fujet au dévoiement, M. P.
que je ne fuis point furpris que vous
ayez

ayez fait fortir mon ame par où les Apotiquaires viennent tres.-humblement à fon fecours. Mais pourquoi avez vous préferé ce chemin la? Dites St. Homme, le luifant *Pod.* . . feroit il votre conduit favori?

„Seriez vous Philopode , ou bien Philotanus?

„Car en françois, c'eft jus verd, ou verd jus.

L'embarras d'un Romancier n'eft pas d'empoifonner fon Heros, il en peut venir à bout dés la deuxieme page, en prenant comme vous le Roman par la queuë ; c'eft de favoir où il ira après la mort. Un medecin? *fimilis fimili gaudet ;* avec les Charlatans. Quelle fagacité! quel coup de colier! fans lui vous reftiez embourbé! ne perdez pas courage, beau Sire, pour une fois que vous aurez pû vous tromper, vous di-

rez vrai & rencontrerez juste mille autres. C'est ma faute, si vous avez tort.

Vous avez été plus heureux dans la
fabrique de vos Scaramouches & Pan-
talons, pourvu que vos Confrères ne
se soient pas crus désignés par ces
noms *indécens*; car moi même j'y ai été
trompé aux cris horribles que vous
leur faites pousser justement á mon ar-
rivée, comme si j'allois les exorciser,
semblables à un Synode de Chats ef-
fraiés à la vûë d'un dogue Anglois.
Mais ensuite examinant les choses de
plus près, je vous ai fait pleine répara-
tion d'honneur, j'ai même applaudi à
ce merveilleux Esprit d'analogie qui
vous a fait placer un Medecin avec
d'autres Comédiens. Disons donc encore *similis &c.* & si nous ne sommes
ni assez Charlatans, ni assez Comédiens,
consolons nous; nous avons toute l'é-
ternité pour le devenir.

Vous

V.ous favez en vérité fi bien affortir votre Monde M. P. que j'irai, je vous jure, fans façons, a la françoife (cela vous paroît peut être fingulier) vous demander de la foupe, dés que je faurai votre vrai nom & votre demeure. O! par grace, dites les moi ; il y a de la cruauté à être auffi aimable, & à vouloir refter masqué. C'eft là que le verre à la main nous boirons gayment tous nos différents. Vous ne me traiterez pas plus mal, j'efpère, dans ce Monde cy, que dans l'autre ; nous aurons apparemment, non de ces *Scaramouches* que je ne puis voir fans rire, mais de ces autres plus aimables, qui chauffent le majeftueux cothurne & l'agréable brodequin, qui corrigent les mœurs, comme vous fentez que je corrige certain Barbouilleur. Qu'ils ont d'efprit ceux là ! ils favent les plus belles tirades des plus belles piéces.

Vous

Vous ferez furpris qu'un françois pré-
fère le diner au fouper ; mais M. P.
il faut voir clair quand on mange, & le
foir nous n'y verrions goute. Je ne
ferois pas feulement ébloui par votre
efprit brochant & pétillant fur celui de
vos convives, comme du fel fur le feu ;
la lumière des bougies en feroit éclip-
fée. Au refte à tout hazard, pourvû
qu'il y ait quelques Hiftriones . . .
Vous m'entendez .... Vous me direz,
vous autres favans, que le mafculin eft
plus noble que le féminin. Soit M. P.
mais, felon moi, il n'eft pas fi agréable ;
j'aime mieux une Comédienne qui
m'amufe, qu'une Béguelle refpectable
qui m'ennuie.

Comme je vous diftingue fans balan-
cer, M. P. de tous les auteurs qui font
parvenus à ma connoiffance, je diftingue auffi, comme vous voyez, votre
table de celles où l'on eft fi friand d'e-
fprit

fprit, qu'on attend avec impatience
celui de la Saxe & du Japon que le
deffert traine fragilement à fa fuite.
Mais quoi qu'il en foit, ne vous en dé-
plaife, illuftre Amphitrion, un joli mi-
nois fait plus de plaifir à regarder,
qu'un mauvais bon mot à entendre.
On fe parle des yeux, on fe touche
des pieds, heureux qui du genou ! le
cœur s'attendrit . . . enfin il ne refte
plus qu'à tirer le rideau. O ! Amour . . .
chez un M. D. S. E ! Voyez vous, ma
chère, le libertin ! homme dangereux
dans la Societé, dans une maifon c'eft
un Antifocrate.

Eh attendant tous nos brillans Affauts
d'efprit & le plaifir de vuider nos dé-
bats entré la poire & le fromage, il
faut M. P. que je vous communique, fi
je peux, toute la vivacité de l'impref-
fion que m'a faite votre petite feuille.
Elle eft tout a fait charmante ; foit que

vous

vous raisonniez , soit que vous badi-
niés, que vous imaginiés, ou que vous
repandiés le sel de la critique , ou pa-
roissiés armé du fouet de la Satyre, quel
homme vous êtes Mr. P. ! quelle force !
quelle justesse ! quelle légereté de vol-
tigeur ! invention, fécondité, finesse, dé-
licatesse, feu, goût, traits ravissans, tout
s'y trouve : quel art sur tout d'enchai-
ner les perles de l'érudition ; son *cuivre*
même *devient or dans vos heureuses
mains.* Vous faites un feu vif & conti-
nuel , au quel on ne peut tenir. Je
vous eusse raté avec pareilles armes.
Enfin quels yeux d'aigle ! je gage que
vous ne pouvés pas plus regarder le
soleil, sans éternuer, que moi vous lire,
sans rire aux larmes.

Votre vigueur répond à votre goût
& á votre justesse : le vainqueur de
l'Hydre eut besoin de sa massue , pour
abattre les têtes renaissantes de ce mon-
stre,

ſtre, tandis que vous terraſſez ſon ému-
le d'un ſeul coup de plume. En her-
culiſant ſi conſéquemment un trop
foible adverſaire, vous triomphez deux
fois, & comme ſubtil logicien , &
comme valeureux gladiateur.

Vous me permettrés, M. P. de m'a-
rêter un moment ſur des points trop
importans, pour être ſuperficiellement
effleurés.

Votre critique de *l'Ecrivain Giorno*
& de tant d'autres fadaiſes, que vous
me faites l'honneur de m'attribuer
(ſans faire heureuſement mention des
fautes dont fourmille ſenèque) votre
Critique, dis-je, eſt aſſés neuve, car
elle parut pour la première fois dans
les gazettes de Goettingen ; par vous
puiſſant Echo, cette voix qui ne s'étoit
fait entendre que dans le deſert *vox
clamantis in Deſerto*, retentit dans les
Villes.

)(6   Oh!

O! la belle plaisanterie M. M. j'en reconnois le père à son aimable fille, & quelle est bien visiblement sœur de celle qui a pour objet Aldrovandus!

O le bon ridicule que j'avois là M. P. si j'y avois donné lieu! mais, dites moi, par grace, saississez vous aussi bien les ridicules qu'on a, comme ceux qu'on n'a pas. Si cela est, conservez moi, je vous prie, l'honneur de vos bonnes graces, il vaut mieux vois avoir pour ami, que pour ennemi.

Mais croyez moi M. P. ne me faites plus parler, ou je suis un sot décidé. Mais, que dis-je! & peut on si mal soutenir l'Ironie? On vous reconnoitra toujours aux jolies choses que vous me ferez dire. On sait que je n'ai point cet heureux tour de génie qui vous rend inimitable. Savez vous que vous l'emportez sur le faiseur d'Almanachs

dont

dont Swifft a immortalifé la memoire.
Quel jeu fin & delié! quelles bottes fe-
crettes, & ce qui eft rare que de bonne foi ! On peut dire que vous moif-
fonnez où perfonne ne trouve à glaner.
Vos rufes de guerre m'étonnènt, quoi-
que j'aie fait bien des Campagnes. Je
ne vous aurois ma foi pas cru fi origi-
nal, ni fi dangereux. Comment dia-
ble ! je fuis trop heureux que vous
perfiffliés à vuide ; vous vous évertués,
comme faute une tortue. Avec la
bonne volonté que vous avés, je vous ai
obligation de ce que vous vous forgez de
quoi mordre. Etes vous donc fi gau-
che, ou fi édenté que vous ne puiffiez
trouver prife que fur ce que vous in-
ventés, à la verité avec beaucoup de
gentilleffe, & d'agrément.

Je le vois, vous n'avez pas voulu
couper les aîles d'un oifeau qui s'exer-
cet á voler. J'en ai l'agréable preuve

                    dans

dans plusieurs faits que vous m'avez fait le grace de ne pas mettre en évidence. Il vous étoit, par exemple, aussi aisé de démontrer que *l'Homme Machine* étoit copié de Des-Cartes, que mon petit *Homme Plante* du grand Linnæus. Je dois tout à vôtre indulgence. Vous avez au reste cité la source du vol, la confrontation n'est pas nécessaire. Un homme tel que vous doit en être cru sur sa parole.

Trêve de plaisanterie ; Il-y-a deux substances dans l'Homme, *non ne vir phantastice ?* Je me rends, quoi-que j'aie *bavardé* autréfois, aux réflexions de l'âge mûr, qui défille tôt ou tard les yeux. Il-y-a tant de différence entre les livres & les autres opérations de l'esprit, & celles, qui sont de la fabrique du Corps, qu'il faut bien que les causes soient aussi différentes, que leurs effets.

Quor-

Quorsum hæc, Machina?

Vous etes bien vif, pour un lour-
daut, M. P. attendez, ne puis-je donc
raisonner aussi de travers que vous?
Mais voici où j'en veux venir; c'est à
ma progéniture; puis qu'elle est double,
partageons, je suis bon Prince; tenès,
à condition que ma femme ne le saura
pas (car les dévotes n'entendent pas
raillerie sur l'Article) je vous abandon-
ne les productions du corps, laissez moi
par grace celles de l'esprit. Ah! ma
chère! quels monstres que tous ces auteurs là! Quel gibier de Satan!

Ce n'étoit point assés d'être plagiaire, il falloit être Banqueroutier. A qui?
à Hippocrate. Vous etes un vieux rou-
tier, à ce que je vois, Mr. P. vous
connoissés les Universités aussi bien
qu'un Portier de College.

Plagiaire, escroc, qui suis-je encore à vôtre avis, Mr. P? B....&B....
tout

tout au long, pour qu'on ne s'y mé-
prenne pas.

Oh! pour le coup Mr. P. je suis votre
serviteur; le trait est noir; n'éant à
la requête, & Venus même signera ma
défense & mon Apologie. Protegé
par une aussi puissante Déesse je me
flatte que Mr. P. n'aura pas beau jeu.

Rassurez vous, *ma Chére*, & vous toutes, belles Nymphes, qui ne me haissez
peut - être tant, (laissez moi du moins
la Consolation de le penser,) que parce
que je n'ai pas le bonheur d'être con-
nu de vous & qu'on m'accuse dans des
tribunaux où je n'ai pas l'avantage de
me défendre. Ecoutéz moi, & fer-
mes l'oreille aux Discours de mes en-
nemis. On vous trompe, je ne suis
rien moins que tout ce qu'on vous dit.
Amis génereux, s'il en est, levez la
main & rendez Justice à la Verité; un
ètran-

étranger * vous en donne l'exemple. Devots, il a senti que je n'étois pas si méchant que vous.

O! Vous enfin, guenons coëffées, dont je fis jadis mes plus chères délices, si votre ingrate vanité n'a point mis en oubli les tendres homages que j'ai rendus à des charmes que vous n'aviés pas, parlez, terrassez à son tour un adversaire imposteur; que dis-je! Vous n'avez qu'à vous montrer, (pardonnez une indiscretion nécessaire) pour le confondre.

Sérieusement Mr. P. on ne traite point ainsi un galant homme ; on ne manque point jusques là, *est modus in rebus*, au respect dû au beau sexe. Quoi! vous écrivez à votre *chère* que je suis un B. . . . comme si vous avies été mon G. . . . vous prononcès devant des

oreil-

* Voyez l'extrait de Penelope dans le Bibliot. Raif.

oreilles chaftes un mot qui peut caufer un tremblement de terre dans Paphos & dans Amatonte ; devant dês oreilles, dont vous craignez d'alarmer la pudeur, ou comme vous parlez, de déconcerter *le Caractere*, dieu fait quel, *la vertu & la pudicité qui regne dans les veines de votre dulcinée* : enfin vous infultez une virtuofe P. . . . à qui vous n'avez pas ofé preter *l'Homme plante. Rifum &c.*

Mais Pardon, Mr. P. un homme auffi poli, auffi bien élevé que vous le paroiffez, n'a pû dire de pareilles groffièretés : c'eft ce crocheteur de pédant que vous introduifés fi habilement fur la fcêne, c'eft cet interlocuteur digne de *l'Apophrade* de Lucien, qui mérite toute la Cenfure. Il faut lui pardonner. Il s'eft imaginé, je ne fais fur quoi, que j'avois attaqué fa réputation d'une maniere baffe & infâme ; c'eft pourquoi

quoi il a noirci mes mœurs fans les connoître.

Bel Exemple pour nous autres Auteurs, Mr. P. & que cela nous apprend bien à fufpendre notre jugement en Philofophes fceptiques, & à ne pas plus hair, qu'aimer fans fujet !

Votre Camboui de S. & de G. ne tiendra point heureufement, vilain mâtin, a l'air de Citère, où je veux vivre & mourir. Grace, Mesdames, au mauvais citoien de l'île, en faveur de la bonne volonté !

Mais c'eft trop abufer de votre patience Mr. P. Jugez par le cas que je fais de vos confeils, de l'eftime fingulière que j'ai pour une Perfonne de votre mérite.

Adieu Mr. P. pardon fi je vous répons en francois ; Adieu auffi *ma Chère !*

re ! Après avoir permis qu'on vous adreſſât un Ouvrage qui ne parle que de Veſſie, de pouces, de veine cave, de Machine &c. Oſerois-je, en qualité de légitime deſcendant de Thomas Diafoïrus, vous offrir auſſi un plat de mon métier. Or quel plat ? devinez la Belle. Si la République des Lettres n'ayant pu tirer parti des mauvais auteurs pendant leur vie, ſongeoit à les rendre utiles après leur mort, comme en bonne police elle le devroit, notre *terraſſeur* feroit a ſon tour impitoïablement diſſequé comme ſa Piéce. Mais raſſurès vous, *ma Chère*, votre Cher ne le ſera point, il eſt trop gras : nous aurions trop de peine à dégraiſſer non ſeulement ſes muſices, mais ſon cerveau. Il faut donc ſe rabattre ſur l'Anatomie du Singe. Je vous invite à l'ouverture d'un animal infinement ſpirituel & que je regrete plus que je ne puis dire. Son Eſprit eût ſans doute tenu tout ce que

ſes,

ſes yeux promettoient. Il ne lui man-
quoit que la Parole , qui n'eût pas tar-
dé. Mais quoi qu'il ne parlât point
encore , je vous jure qu'il ſe faiſoit
mieux entendre que notre Scribe. Ah !
ma Chère, il eût fait vos delices, comme
vous faites ceux du Saint - Homme. Je
vous embraſſe de tout mon cœur l'un &
l'autre & vous ſouhaite la vie éternelle.
*Beati pauperes ſpiritus , quoniam ipſorum
eſt regnum cœlorum.*

Adieu encore un fois, ſavant P. car
je ne puis vous quitter ; je finis, comme vous autres , en ne finiſſant point.
Le moien que vous ne ſoyez pas mes
gens favoris ! Vous me voulez tant de
bien ! tel d'entre vous ne vient il pas de
me faire encore tout récemment la grace de me peindre en grand & en petit ? Il
a fait plus ; il m'a mis vis à vis de
St. Paul, quelques crans plus bas à la
verité ; en quoi certes il montre un
trés

très grand discernement ; car, comme tout le monde sait, je n'ai point l'honneur d'être inspiré & ne me suis jamais donné pour tel.

Gens de Dieu, je suis reconnoissant : j'attelle mon Panégyriste avec l'oiseau de saint Luc, mais, comme de raison, il aura la droite, car enfin il a tentique l'Ame habitoit hors du corps. Adroit septême de Leibnitz !

Impitoyable raisonneur, Monadiste enfumé de *raisons suffisantes*, métaphysicien broché de *Principes de Contradiction*, Harmoniste sans Harmonie, Déclamateur, Lecteur, Prêcheur emphatique, rejetton de la race & figure hybernique, *pousseur* de Syllogismes & *d'ergo*, Boureau, quand cesserez vous de vouloir qu'on voie de la meme maniere avec d'autres lunettes ce qui, selon vous meme, n'est que *vraisamblable* ? Mais point d'écarts ; j'ai un Compliment

pliment à vous faire à l'occafion de votre
digne Confrère fur votre nouvel Ouvrage. Rival en tout de ces illuftres chrêtiens
qui avant vous ont fignalé leur zêle dans
la même carière & foufert le mépris
pour la foi, beauté de profil, agréable
& folide la fois, vous aves fait, comme eux, un livre charmant & immor-
tel d'un coté ; & par là même, ce qui
(entre nous) eft notre principal objet,
plus lucratif. L'heureufe forme & quelle addreffe, quand ce qu'on perd d'u-
ne manière, fe regagne de l'autre !

Si je n'ai point fuivi un fi prudent
modèle, ce n'eft point, comme peutê-
tre on pourroit me faire l'honneur de
le penfer, par défaut de vanité, ni
de papier dans l'Imprimerie, c'eft l'a-
mour propre feul qui m'a empêché de
me battre en préfence. Plus fage que
Raifonnable, j'ai craint un trop humi-
liant contrafte, j'ai craint la réflexion
du vis à vis. Deux

„Deux Soleils enfermés en un lieu trop étroit,

„Rendent trop exceſſif le contraire du froid.

Ah! *ma Chère*, l'ignorant qui ſe ſauve par des gentilleſſes & des Pantalonades! le mauvais ſujet qui traite tout en bagatelle & en pédanterie! l'impie qui met le Sentiment de l'Homme dans l'organiſation qui n'eſt d'aucune Secte, tandis que Paſcal fait gloire d'être Jenſeniſte. Mon Eſprit, vous avés prodigué a ce ſujet, un ſel inſipide . . . . . a toute langue de boeuf. *Margaritas &c.* croyez moi, taiſés vous, & laiſſés là vos *bons amis de cour;* on vous a bien ſervi, il n'y-a de ſûreté pour vous que dans l'autre monde; *partés Medor partés ſans differer.*

Mais non:

„Un ancien Auteur a dit élégamment

„Dans tout ce que tu fais, hâte toi lentement.

* * * * *
* * * *